Milena Baisch

Leselöwen

Raumschiffgeschichten

Zeichnungen von Sigrid Gregor

Loewe

Die Deutsche Bibliothek – CIP-Einheitsaufnahme

Baisch, Milena:
Leselöwen-Raumschiffgeschichten / Milena Baisch.
Zeichn. von Sigrid Gregor.
– 1. Aufl. – Bindlach : Loewe, 1999
(Leselöwen)
ISBN 3-7855-3432-9

Dieses Buch ist auf chlorfrei gebleichtem Papier gedruckt.

ISBN 3-7855-3432-9 – 1. Auflage 1999

Umschlagillustration: Sigrid Gregor

Inhalt

Die Zeitreise

Das Raumschiff „Galaktika Zweitausend“ ist auf einem seiner ganz normalen Erkundungsflüge durch das All. Der Käpten macht ein Nickerchen. Das Team im Cockpit spielt Computerspiele. Und die beiden Astronauten Alex und Alicia schlecken Weltraumeis.

„Ich freu mich schon auf die Erde“, sagt Alicia sehnsüchtig. „Wenn wir wieder landen, geh ich sofort in die nächste Eisdiele. Weltraumeis schmeckt einfach wie Kaugummi.“

Alex schließt die Augen. „Oh ja! Und ich nehm ein doppeltes Spagettieis. Mir wird schon ganz schlecht von diesem Zeug hier."

„Mir ist auch schlecht", stellt Alicia plötzlich fest. „Ich hab das Gefühl, alles dreht sich."

Alex schaut aus dem Fenster. Die Sterne wirbeln nur so an ihnen vorbei.

„Alicia, ich glaube, wir drehen uns wirklich!"

Und tatsächlich, das Raumschiff fliegt nicht mehr geradeaus. Es purzelt eher durch den Weltraum.

Alicia und Alex rennen zum Käpten. Der steht schon unruhig auf seiner Kommandobrücke. „Wir müssen das aufhalten. Bremsen!“, ruft er immer wieder.

Aber es geht nicht. Die Piloten können nicht einmal mehr lenken. Es scheint, als ob das Schiff sich selbstständig gemacht hat.

„Maximale Geschwindigkeit erreicht“, verkünden die Piloten. „Wir werden immer schneller!“ Die Instrumente, die messen, wie schnell das Raumschiff fliegt, haben sich ausgeschaltet.

„Käpten, wir müssen etwas tun!“ Alicia und Alex wollen unbedingt helfen. Aber der Kapitän zieht ratlos die Schultern hoch.

„So schnell wie wir jetzt sind, das ist eigentlich gar nicht mehr möglich. Dafür kann es nur eine Erklärung geben: Wir müssen in ein schwarzes Loch gefallen sein.“

Schwarze Löcher sind wie Strudel. Wenn man dort hineinstürzt, gerät man in einen starken, wilden Sog.

Auch in der „Galaktika Zweitausend" geht es zu wie auf der Achterbahn. Alex und Alicia klammern sich aneinander fest, damit sie nicht hin und her geschleudert werden.

So geht es eine Weile, bis es plötzlich einen großen Ruck gibt. Dann ist es ganz ruhig. „Instrumente funktionieren“, sagen die Piloten leise. „Wir können wieder lenken.“

Der Käpten gibt den Befehl, sofort zur Erde zurückzufliegen. Nach dem Schreck brauchen alle erst mal eine Pause. Außerdem muss die „Galaktika Zweitausend“ untersucht werden.

Als die Mannschaft auf der Erde landet, sind sie sehr froh. Es ist ein Wunder, dass sie aus dem schwarzen Loch überhaupt wieder rausgekommen sind. Mit etwas wackeligen Beinen steigen sie aus dem Raumschiff.

Aber irgendetwas stimmt nicht auf der Erde. Die Straßen sehen anders aus und die Menschen auch. Eine komische Frau kommt vorbei. Sie hat ein Kleid aus Gummi an und einen viereckigen, silbernen Hut auf.

„Entschuldigung!“, ruft Alex ihr zu. „Können Sie mir sagen, wo die nächste Eisdiele ist?“

Die Frau lacht. „Eisdiele unbekannt. Kann dir Weltraumeis herbeamen.“

„Nein, wirklich nicht nötig!“, ruft Alex schnell.

Der Käpten runzelt die Stirn. Er scheint angestrengt über etwas nachzudenken. „Welcher Tag ist heute?“, fragt er die Frau.

„Heute: Montag, 2.11.2112.“

„Hab ich's mir gedacht", murmelt der Käpten. „Wir sind hundert Jahre in die Zukunft geschleudert worden." Und dann ruft er lauter: „Alle sofort in die ‚Galaktika Zweitausend'! Wir müssen zurück!"

Sie steigen ein und heben gleich wieder ab. Im All gibt der Käpten ein merkwürdiges Kommando: „Rückwärts fliegen!"

Sie fliegen rückwärts, zwölftausend Lichtjahre lang. Das dauert ungefähr drei Tage, und dabei holen sie die hundert Jahre wieder ein.

Endlich verkündet der Käpten: „Wir haben unsere richtige Zeit erreicht. Rückflug zur Erde wird gestartet!"

„Oh, mir läuft schon das Wasser im Mund zusammen", schwärmt Alicia.

Alex ist auch in ganz feierlicher Stimmung: „Spagettieis, wir sind im Anflug!"

Jo-Jo-Raub im Weltall

Im Jahre 2350 ist es für die Menschen etwas ganz Normales, ins Weltall zu fliegen. Jeder hat das schon mal gemacht. Viele sind sogar umgezogen und wohnen jetzt auf einem anderen Planeten. Auf einem Planeten gibt es zum Beispiel nur Geschäftsleute. Auf einem anderen leben nur Kinder. Und dann ist da noch einer, ein sehr gefürchteter. Man erkennt ihn an seiner schwarzen Flagge: der Piratenplanet!

Heute ist auf dem Piratenplaneten große Aufregung. Martin und Swantje vom Kinderplaneten sind mit ihrem Raumschiff gekommen. Und sie sind sehr, sehr wütend.

„Das sind richtige Verbrecher!“, schimpft Martin. „Alle Jo-Jos sind futsch!“

Es ist nämlich so, dass die Kinder auf ihrem Planeten eine Jo-Jo-Werkstatt haben. Eigentlich kann man im Weltraum gar nicht Jo-Jo spielen, weil es keine Schwerkraft gibt. Aber die Kinder haben die „Spezial-Schwerelosigkeits-Jo-Jos“ erfunden. Und weil die so besonders einmalig sind, bauen die Kinder tausende davon und verkaufen sie im ganzen Weltall.

„Jetzt mal langsam“, sagt Jockel von den Piraten. „Erzählt die Geschichte von Anfang an!“

„Also“, beginnt Swantje. „Wir waren gerade beim Kekseessen, als plötzlich ein silbernes Raumschiff gelandet ist.

Auf dem stand *Für jeden Fall – Luxus im All.*“

„Die Luxus-Bande!“, zischt Jockel durch die Zähne.

„Ja, und dann sind fünf Männer rausgesprungen. Sie haben alle Jo-Jos geschnappt und sind sofort wieder abgehauen. Wir konnten gar nichts machen!“

„Jetzt werden sie stinkreich von *unseren* Jo-Jos!“, fügt Martin ärgerlich hinzu.

Das ist ein klarer Fall für die Weltraum-Piraten, findet Jockel. Er trommelt schnell eine Piratentruppe zusammen, und sie steigen mit Swantje und Martin in ihr Schiff. Als sie starten, flackert die schwarze Schiffsflagge wild und gefährlich.

„Sie sind bestimmt auf dem Weg nach Hause", sagt Martin unterwegs.

„Alles klar", antwortet der Kapitän. „Wir halten Kurs auf den Planeten der Geschäftsleute."

Es ist nicht einfach, die Luxus-Bande einzuholen. Aber der Piraten-Käpten weiß eine Abkürzung. Außerdem ist das Raumschiff mit der schwarzen Flagge kosmonautisch schnell.

Während der Verfolgungsjagd stecken Jockel und die Kinder die Köpfe zusammen. Ein guter Plan muss her, denn gegen Ganoven wie die Luxus-Bande kommt man nicht so einfach an.

Nach einer Weile können sie in der

Ferne etwas silbern blitzen sehen. Es ist das Schiff der Luxus-Bande! Der Abstand wird immer kleiner, bis sie ganz nah dran sind.

„Achtung, wir docken jetzt an!“, ruft der Käpten. Das Piratenschiff hängt sich an das silberne Schiff. Jockel zieht sein Laser-Schwert hervor und schneidet damit ein Loch durch die Wände. So machen das die Weltall-Piraten, wenn sie fremde Raumschiffe entern!

Martin und Swantje schlüpfen durch das Loch, die Piraten hinterher. Das Raumschiff ist sehr groß und hat viele Gänge. Darum trennt sich die Gruppe an der nächsten Abzweigung.

Jockel schleicht sich mit Swantje und Martin zur Brücke. Da steht die Luxus-Bande und erwartet sie schon. Es sind viele Männer in schwarzen Anzügen.

„Was soll denn das sein?“, fragt ihr Boss. „Ein Überfall? Har, har, har!“

Er lacht laut mit seiner tiefen, krächzenden Stimme.

„Nein“, antwortet Martin. „Wir wollten Ihnen nur sagen, dass die Jo-Jos nicht funktionieren. Sie waren nämlich noch gar nicht fertig, als Sie sie geklaut haben.“

Und dann erklären Martin und Swantje, wie schwierig das ist mit den Jo-Jos. Man muss doch erst den Kniff mit der Schwerelosigkeit einbauen. So wie sie jetzt sind, sind das nur ganz normale Erd-Jo-Jos. Und den Spezial-Kniff, den können nur die Kinder. Jedenfalls kann man mit diesen Jo-Jos keine einzige Mark machen. Die kann nämlich niemand gebrauchen.

Es dauert sehr lange, bis der Boss das alles versteht. In der Zwischenzeit haben die anderen Piraten auf dem hinteren Deck die Jo-Jos gefunden. Schnell haben sie sie in einen großen Sack gesteckt und mit auf ihr Piratenschiff genommen.

Als Martin und Swantje mit ihrer langen Rede fertig sind, runzelt der Boss die Stirn. „Ich habe das Gefühl, hier will mich jemand reinlegen."

Aber Jockel und die Kinder antworten nicht mehr. Sie rennen schnell raus und flüchten auf das Piratenschiff.

Am Abend gibt es auf dem Kinderplaneten eine große Party. Alle Piraten sind eingeladen, und jeder bekommt ein Jo-Jo.

Kleine grüne Männchen

„Boh, ist das langweilig“, jammert Ksylti. „Überhauuupt nichts los hier.“

Yksine kann ihn gut verstehen. Aber ihr fällt auch nichts Tolles ein. „Du kannst doch noch ein bisschen springen“, schlägt sie vor.

Ksylti und Yksine wohnen auf dem Planeten Syksy. Eigentlich ist es ganz lustig da. Man kann zum Beispiel in riesigen Schritten durch die Gegend hüpfen. So wie die Kinder von der Erde das nur auf einem Trampolin können.

Aber Ksylti antwortet nur: „Keine Lust."
Er hat das schon viel zu oft gemacht. Außerdem ist ihm jetzt was Besseres eingefallen.

„Wir waren lange nicht mehr auf der Erde", sagt er mit leuchtenden Augen.

„Au ja!" Yksine macht einen Riesensprung und wedelt dabei mit den Beinen in der Luft. „Das ist eine hypergalaktische, turbokometische Giga-Idee!"

Für die Leute von Syksy ist es ein Mordsspaß, auf die Erde zu fliegen. Yksine will auch am liebsten sofort los. „Komm", ruft sie. „Wir starten das Ufo!"

„Moment! Wir dürfen doch die Verkleidung nicht vergessen." Ksylti holt zwei enge, grüne Anzüge und zieht sich einen davon an.

„Ach ja", kichert Yksine. „Die werden wieder Augen machen!"

Die Menschen auf der Erde glauben, dass Außerirdische kleine grüne Männchen sind. Das finden die Syksyaner total witzig. Sie sind nämlich richtige Außerirdische und natürlich kein bisschen grün. Aber wenn sie die Erde besuchen, dann tun sie einfach so. Die Erdenmenschen werden dann so herrlich aufgeregt.

Als Yksine ihren Anzug angezogen hat, kann es endlich losgehen. Die beiden steigen in das Ufo und drücken die Start-Knöpfe. Es blinkt in allen möglichen Farben, und das Ufo hebt ab.

Syksy-Ufos sind blitzschnell. Darum dauert es auch nicht lange, bis Ksylti und Yksine auf die Erde gucken können.

„Siehst du den großen Platz?“, fragt Yksine. „Da können wir doch landen!“

Ksylti ist einverstanden. Die beiden wissen noch nicht, dass dieser Platz ein Schulhof ist.

Der Schulhof gehört zu einer Grundschule. Und weil es gerade elf Uhr morgens ist, ist die Schule voll mit Kindern. Die Kinder ahnen natürlich nichts. Wer rechnet schon damit, dass mal eben so in der Mathestunde ein Ufo auf dem Schulhof landet!

Als Yksine und Ksylti langsam näher kommen, laufen die ersten Kinder ans Fenster. Die beiden kommen noch näher und winken aus dem Ufo. Da drängeln sich die Kinder hinter den Fensterscheiben. Und als Yksine und Ksylti dann landen, rennen die Kinder einfach alle nach draußen.

Die Lehrer wissen nicht, was sie tun sollen. Vielleicht sind die Außerirdischen ja gefährlich! Außerdem haben sie den Kindern immer groß und breit erklärt, dass es keine fremden Wesen aus dem All gibt. Und eigentlich gibt es sie doch auch gar nicht, oder?

Eine Lehrerin ruft die Polizei und die Feuerwehr und den Bürgermeister an. Eine andere Lehrerin ist in Ohnmacht gefallen. Und der Direktor versucht, die Kinder von dem Ufo fern zu halten.

„Vorsicht!“, ruft er immer wieder. „Geht zurück ins Schulhaus! Das ist gefährlich!“

Aber es hilft nichts. Die Kinder scheinen überhaupt keine Angst zu haben. Sie stehen alle im Kreis um das Ufo herum und warten ab, was passiert.

Da geht plötzlich die Ufo-Tür auf. „Hallo, ihr Erdenmenschen!“, begrüßt Ksylti die Kinder.

Er und Yksine machen riesige Syksy-Sprünge auf den Schulhof. „Wir kommen aus den dunklen Weiten des Weltalls, von einem fernen Planeten“, sagen sie mit besonders Furcht erregender Stimme.

Jetzt müssten die Menschen sich wahnsinnig erschrecken und kreischend weglaufen. Doch die Kinder rühren sich nicht von der Stelle.

Yksine ist empört. „Habt ihr eigentlich keine Angst vor uns?“

„Nö!“, rufen die Kinder. „Ihr seid ganz normale kleine grüne Männchen! Euch sieht man doch fast jeden Tag im Fernsehen.“

Jetzt wird es Yksine zu blöd. „Komm, Ksylti! Wir fliegen zurück nach Hause."

Die beiden steigen enttäuscht in ihr Ufo. Mit blinkenden Lichtern verlassen sie die Erde wieder.

„So was hab ich ja noch nie erlebt", sagt Yksine, als sie im Weltraum sind.

„Ich auch nicht. Aber hast du gesehen, wie aufgeregt der Direktor war?"

„Stimmt." Yksine lächelt. „Wenigstens der."

Die Mondrakete

Tina, Bea und Katinka gehen von der Schule nach Hause. Sie sind total sauer auf die Jungs aus ihrer Klasse. Ein paar von ihnen wollen nämlich am Wochenende beim Seifenkistenrennen mitmachen. Und damit geben sie an wie die Blöden. Den ganzen Vormittag haben sie von nichts anderem geredet als von Bremszügen und Lenkachsen und so was.

Einmal hat Bea vorsichtig gefragt, was sie denn genau machen. Da hat David sie gleich angeschnauzt: „Das ist nichts für euch!“ Dann hat er wieder mit Patrick beraten, wie man die Seifenkiste noch schneller machen kann. So ein Angeber! Bea ist immer noch wütend.

„Am liebsten würde ich die auf den Mond schießen …“, murmelt sie vor sich hin.

Katinka stimmt ihr zu: „Alle auf einmal, und die Seifenkisten gleich hinterher.“

Tina bleibt plötzlich stehen. „Hey!“, ruft sie. „Ich hab eine Idee! Könnt ihr heute Nachmittag?“

Bea und Katinka haben Zeit, und sie verabreden sich um vier bei Tina im Garten.

Als sie später alle zusammensitzen, verkündet Tina feierlich ihre Idee: „Wir werden nicht die Jungs auf den Mond schießen, sondern uns selber. Wenn die ihre doofen Seifenkisten bauen, dann bauen wir uns eben ein Raumschiff!“

„Ein Raumschiff?“ Katinka weiß nicht so recht. „Das ist doch gar nicht so einfach.“

„Ach, papperlapapp!“ Tina sieht da keine Probleme. „Im Fernsehen haben die das mal gezeigt, und ich hab mir alles gemerkt. Wichtig ist, dass am Triebwerk ein guter Treibstofftank befestigt wird, sagen wir mal, mit Kerosin, den steuern wir mit zwei Leitwerkflossen, na ja, und dann noch die Feststoffraketen …“

Bea und Katinka gucken sich erstaunt an. Tina scheint ja wirklich Ahnung zu haben! Wenn das so ist, dann sind sie doch einverstanden mit dem Plan. Tina erklärt ihnen noch einmal Schritt für Schritt, wie man ein Raumschiff baut. Und dann geht's los.

Zuerst müssen die drei ganz viele Sachen sammeln. Tinas Eltern haben in ihrem Keller lauter Zeug, das sie nicht mehr brauchen. Das schleppt Tina alles in den Garten. Katinka nimmt eine große Schubkarre und zieht damit von Haus zu Haus. Sie fragt die Nachbarn, ob sie vielleicht ein paar alte Schläuche, Schrauben oder Holzstücke übrig haben.

Und Bea hat im Hof der stillgelegten Fabrik ein kaputtes, verrostetes Auto gesehen. Da geht sie noch mal hin und entdeckt, dass eine Tür abgefallen ist. Keine Frage, die beste Raumschifftür überhaupt.

Bis zum Abend ist im Garten ein richtiger Raumschiff-Teile-Berg gewachsen. „Oh schade“, sagt Katinka, als sie auf ihre Uhr schaut. „Bei uns gibt’s jetzt Abendbrot.“ Bea und Tina müssen auch nach Hause.

„Aber morgen fangen wir an zu bauen“, schwören sich die drei hoch und heilig.

Am nächsten Tag nach dem Mittagessen flitzen Bea und Katinka sofort zu Tina.

Die wartet schon im Garten. „Ich hab den Werkzeugkasten von meinem Vater mitgebracht“, begrüßt sie die beiden. „Wir können gleich anfangen.“

M
IL

Und dann legen sie los und machen mordsmäßig Krach dabei. Die Mädchen sägen und hämmern, was das Zeug hält. Sie bauen ein fantastisches Raumschiff, das eigentlich eher eine Rakete wird. Hinten sind Düsen, die sie von der Erde abstoßen werden. An die Seite kommen Flossen, mit denen sie lenken können. Und oben an der Spitze werden drei Sitze eingebaut, für jede Pilotin einen.

Nach der Arbeit lassen die drei sich erschöpft auf die Wiese fallen. Voller Stolz betrachten sie ihre einmalige, alles übertreffende Rakete. Dabei müssen sie wieder an die Jungs denken. „Morgen um drei geht das Seifenkistenrennen los“, sagt Bea.

„Genau, um drei.“ Katinka nickt. „Und es ist ja wohl klar, wann unsere Rakete ihren ersten Start erleben wird.“

Am nächsten Nachmittag wird es aufregend. Um kurz vor drei klettern die Mädchen in die Rakete und schnallen sich an. Als es zehn Sekunden vor drei ist, beginnt Tina zu zählen: „Zehn … neun … acht …“ Bei null drückt Bea auf einen Knopf. Es gibt einen lauten Knall. Die Rakete rüttelt hin und her. Und dann … steigt sie langsam in die Luft!

Die Mädchen jubeln, sie sind jetzt schon über dem Dach von Tinas Haus. Aber nach ein paar Metern fängt die Rakete an, komisch zu wackeln. „Ich glaube, bis zum Mond kommen wir heute nicht mehr“, sagt Katinka bange.

„Wir sollten bald landen“, findet auch Tina. Sie steuern einen großen Platz am Waldrand an. Ganz zufällig ist an diesem Platz auch das Ziel vom Seifenkisten-rennen.

Bea drückt wieder auf einen Knopf, die Rakete sinkt und landet etwas holprig auf der Erde. Zufrieden und erschöpft kriechen die drei Mädchen durch die Tür ins Freie.

Auf dem Platz werden sie von Eltern umringt. Die dachten natürlich, jetzt kommen ihre Söhne mit den Seifenkisten angebraust. Aber eine Rakete? Mit offenen Mündern starren sie die drei Mädchen an. Niemand sagt etwas.

Plötzlich hört man aus der Ferne ein Poltern. Es kommt immer näher – und dann biegt David um die Ecke. Er ist der Erste vom Seifenkistenrennen.

Aber nicht der Erste, der das Ziel erreicht hat!

Ein Wunsch für Strubbel

Tief in der Milchstraße, zwischen tausend Sternen und Satelliten, fliegt ein Raumschiff. Es war schon immer unterwegs, und es wird auch nie anhalten. Auf dem Dach dieses ganz besonderen Raumschiffs sind große Antennen angebracht. Und im Raumschiff sind die Galaktinis.

„Es piept“, sagt einer der Galaktinis. „Wir haben eine Nachricht bekommen!“

Unten auf der kleinen Erde ist etwas passiert. Und wenn die Antennen piepen, dann muss es ein Wunsch gewesen sein.

Der Galaktini schaut auf den Computer-Bildschirm. Was die Antennen spüren, können sich die Galaktinis wie einen Film angucken.

„Ich sehe ein Haus“, erzählt der Galaktini den anderen. „Dort wohnt wohl eine Familie. In der Küche ist die Tochter. Sie sieht nett aus, aber irgendwie auch sehr traurig.“

„Warum ist sie denn traurig?“, fragen die anderen Galaktinis.

„Ich weiß es nicht. Jetzt geht sie ins Wohnzimmer. Sie hat etwas in der Hand. Ah … ich glaube, es ist ein Hundekuchen. Hinter dem Sofa bückt sie sich. Da ist etwas Wuscheliges. Ein Hund!“

„Gib uns mehr Informationen!“, drängt ein anderer Galaktini. „Wir wollen wissen, wer dieses Mädchen ist.“

Der erste Galaktini drückt auf ein paar Knöpfe. Dann erscheinen auf dem Bildschirm keine Bilder mehr, sondern Wörter.

Der Galaktini liest vor: „Sarah – neun Jahre – Hund heißt Strubbel – schon sehr alt – liegt seit zwei Wochen hinterm Sofa – frisst nicht."

„Ist er krank?", fragen die anderen Galaktinis. „Warum steht er nicht auf? Muss er sterben?"

Einer von ihnen springt auf. „Wir wissen nicht, was Strubbel hat. Aber wir wissen, dass dies ein wichtiger Auftrag für uns wird."

„Genau!", rufen die Galaktinis. „Lasst uns sofort loslegen!"

Der Käpten geht an sein Steuer. „Alles klar. Ich ändere sofort unsere Richtung. Direkter Kurs auf nächsten kleinen Stern!"

Aber das haben die anderen schon gar nicht mehr gehört. Sie sind auf das Speisedeck gelaufen, um sich die Bäuche voll zu schlagen. Denn wenn Galaktinis einen Auftrag annehmen, dann müssen sie vor allem sehr stark sein.

Einer ist vor dem Computer sitzen geblieben. Was jetzt wohl Sarah macht, dort unten auf der Lichtjahre entfernten Erde?

Sie isst mit ihren Eltern Abendbrot. Aber von ihrem Käsebrot hat sie nur einmal abgebissen. Es scheint ihr nicht zu schmecken. Stattdessen schaut sie dauernd zum Sofa. Da liegt immer noch

Strubbel. Er hat sich kein bisschen von der Stelle gerührt.

Dem Galaktini tun beide Leid, Strubbel und Sarah. Er würde ihnen gerne helfen.

Plötzlich weckt ihn der Käpten aus seinen Träumen. „Wir haben den Stern bald erreicht!"

Schnell werden die anderen Galaktinis zusammengetrommelt. Mit ihren vollen Bäuchen machen sie noch ein paar Kraftübungen. Dann versammeln sie sich auf dem Oberdeck. Jetzt heißt es nur noch: warten auf den richtigen Augenblick.

Dabei kommt es vor allem auf Sarah an. Der Galaktini am Computer beobachtet sie ohne Pause. Er sieht, wie sie vom Tisch aufsteht und Strubbel Gute Nacht sagt. Dann geht sie ins Bett. Zum Glück vergisst ihre Mutter heute, die Vorhänge zuzuziehen. Als Sarah traurig aus dem Fenster in den Sternenhimmel blickt, ist der richtige Augenblick gekommen.

Das Raumschiff ist inzwischen ganz nah an dem kleinen Stern. Die Galaktinis stehen auf dem Oberdeck. Sie spucken in die Hände, sagen gemeinsam „hau ruck!“ und geben dem Stern einen kräftigen Schubs.

Dann rennen sie schnell zum Bildschirm und schauen nach Sarah. Sie liegt in ihrem Bett und kneift fest die Augen zusammen. Die Galaktinis jubeln. Augen zusammenkneifen ist nämlich ein eindeutiges Zeichen dafür, dass ein Mensch sich etwas ganz toll wünscht. Und es bedeutet, dass er eine Sternschnuppe gesehen hat!

Aber was macht Sarah jetzt? Sie schlägt die Bettdecke zurück und steht auf. Da war etwas an der Tür!

Als sie vorsichtig öffnet, wird sie fast umgeschmissen von einem Wuschel-Wirbel.

Mit einem Satz landet Strubbel auf Sarahs Bett. Er ist aus seiner Sofaecke gekrochen, zum ersten Mal seit so langer Zeit! Sarah schlingt ihre Arme um ihn und steckt die Nase in sein wuscheliges Fell. Heute Nacht darf er bei ihren Füßen schlafen. Und morgen gibt es ein Hundekuchenfest und einen Riesenspaziergang und hundertmal Stöckchen werfen und … alles, was ein Hund sich wünschen kann.

Die Galaktinis klatschen in die Hände: „Wieder ein Auftrag erfüllt!“ Plötzlich piepen die Antennen.

„Ruhe!“, ruft ein Galaktini. „Wir müssen die nächste Sternschnuppe losschicken.“

Der blinde Passagier

Jeden Abend, wenn auf dem Mond die Sonne untergeht, wird der kleine Käfer sehr müde. Er krabbelt noch ein wenig hin und her in seinem großen Mondmeer. Dann sucht er sich einen gemütlichen Platz zum Schlafen.

In den Mondmeeren gibt es schon seit Millionen Jahren kein Wasser mehr. Früher floss dort Lava, die heute so hart ist wie Stein. Der kleine Käfer findet einen schönen Lavastein mit Löchern und Höhlen. Er kriecht in die dunkelste Ecke und macht die Augen zu.

In der Nacht träumt er von großen Kratern und Mondspaziergängen. Eine kleine Käferfrau kommt auch darin vor. Doch gerade als die beiden einen wunderschönen Sonnenuntergang anschauen, wird er aufgeweckt. Der kleine Käfer erschrickt, weil plötzlich etwas sehr Seltsames mit ihm geschieht.

Ihm ist schwindelig. Er hat ein ganz komisches Gefühl im Bauch. Darum krabbelt er vorsichtig aus dem Inneren des Steins ins Freie. Aber das Mondmeer ist nicht mehr da! Es sieht so aus, als ob der Stein alleine in der Luft fliegt.

Nein, da ist doch noch etwas. Ein großer weißer Handschuh klammert sich um den Stein. Und dann sieht der kleine Käfer, dass der Handschuh zu einem riesigen weißen Lebewesen gehört. Das Lebewesen bewegt sich, der Stein auch, und der kleine Käfer hat Angst.

Er weiß nicht, dass das fremde Lebewesen nur ein Mensch in einem

Astronautenanzug ist. Er hat auch nicht gemerkt, dass in der Nacht die Apollo 23 auf dem Mond gelandet ist. Und natürlich weiß er nicht, dass die Menschen Mondgestein sehr, sehr interessant finden.

Der kleine Käfer krabbelt, so schnell er kann, zurück in die Höhle. Dort klammert er sich fest und wartet. Der Stein wird noch eine Weile gedreht und herumgetragen, bis er irgendwann endlich stillsteht.

„Ich habe ein paar Gesteinsproben gefunden“, hört der Käfer den Astronauten sagen. „Wir können jetzt starten.“

Dem kleinen Käfer wird immer mulmiger. Zu allem Unglück ertönt jetzt auch noch ein ohrenbetäubender Krach. Die Apollo 23 hat ihre Turbinen angeworfen und bebt und zittert. Der kleine Käfer ist sich nicht sicher, ob er vielleicht auch ein bisschen vor Angst zittert.

Dann hebt die Raumfähre ab. Der kleine Käfer wird mit einer großen Kraft in die Ecke seiner Höhle gedrückt. Jetzt hat er schon keine Angst mehr. Er hört nur noch das laute Dröhnen.

Doch nach einer Weile wird das Dröhnen leiser. Der kleine Käfer wird nicht mehr so stark in die Ecke gedrückt. Im Gegenteil, er fühlt sich auf einmal ganz leicht! Der Stein liegt auch nicht mehr still da. Aber er wird nicht so herumgeschleudert wie vorher. Jetzt schwebt er fast schwerelos.

Der kleine Käfer krabbelt an den Ausgang der Höhle und schaut sich draußen um. Hier sieht es gar nicht mehr aus wie auf dem Mond. Er entdeckt Maschinen und Computer und noch einige der riesigen weißen Lebewesen.

Aber das ist dem kleinen Käfer jetzt egal. Er hat so ein schönes Kribbeln im Bauch. Der Stein schwebt langsam nach oben und nach unten, dann macht er sogar eine Drehung. Und der kleine Käfer, der jauchzt vor Vergnügen.

Die Angst ist jetzt weg, und er krabbelt noch weiter aus dem Stein hinaus. Dort sammelt er seine ganze Kraft, geht in die Hocke und – springt ab!

Es ist der absolute Käfer-Wahnsinn. „Ich kann fliegen, ich kann fliegen!“, denkt der kleine Käfer nur noch. Er schwebt zwanzigmal vom einen Ende des Raumschiffs zum anderen. Wenn es nach ihm ginge, würde er sein Leben lang nichts anderes mehr machen.

Aber die Apollo 23 ist auf dem Weg zurück zur Erde. Als sie landet, ist es vorbei mit dem Fliegen. Traurig krabbelt der kleine Käfer aus der Raumfähre. Er fühlt sich allein in der fremden Welt.

„Was soll ich bloß tun?“, überlegt er ratlos. Da taucht plötzlich ein kleiner roter Punkt auf. Der kleine Käfer krabbelt auf ihn zu, und der rote Punkt krabbelt ihm entgegen. Es ist eine kleine Käferfrau, die ihn freundlich begrüßt.

„Willkommen auf der Erde“, sagt sie. „Ich bin ein Marienkäfer. Und wer bist du?“

Der kleine Käfer erzählt von seiner weiten Reise und vom Mond. Als er fertig ist, schlägt die kleine Käferfrau ihm vor, dass sie Freunde werden.

Und dann machen sie sich auf den Weg. Denn die kleine Käferfrau muss dem kleinen Käfer noch so viel zeigen von der großen, großen Erde.

Milena Baisch, 1976 geboren, arbeitete bei einem Radiosender und beim Fernsehen in Berlin. Seit 1998 studiert sie an der Berliner Drehbuch-Akademie. Kinderbücher zu schreiben macht ihr großen Spaß.

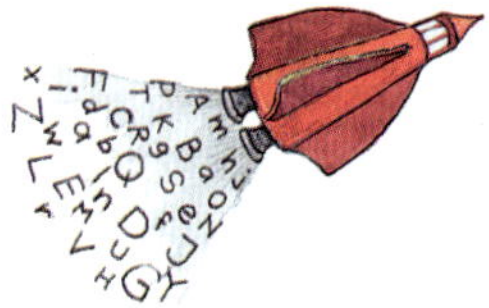

Sigrid Gregor wurde 1945 in Krummau/Moldau geboren und ist in Hannover aufgewachsen. Sie studierte Kunsterziehung in Braunschweig. Nach dem Studium arbeitete sie zunächst als Kunsterzieherin in Berlin. Seit 1986 ist sie als freischaffende Illustratorin und später auch als Kinderbuchautorin tätig.